AF329407

ÉPITRES

A

MON CORDONNIER;

Par M. Pierre-François BOULEROT.

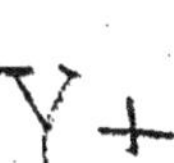

A MADAME,

Mme LA DUCHESSE DE...

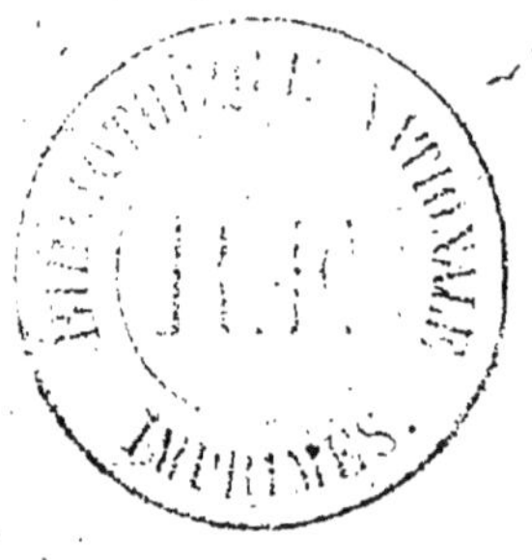

Madame,

Je me rends avec respect à l'invitation que vous me faites, en vous adreſſant les Epîtres à mon Cordonnier, & le détail du ſujet qui y a donné lieu.

Le premier Avril dernier, dans une maiſon où j'étais à Verſailles, arrive un Cordonnier de Putaux, près Neuilly, nommé Flamand, qu'on n'aurait pas oſé

A

prendre avec des pincettes : cet homme, en larmoyant, mâchonnait du flamand francifé fur le ton des Lamentations de Jérémie, & paroiffait défolé. Je compris, avec bien du travail, qu'il fe plaignait que perfonne ne le payait de fes ouvrages ; qu'il avait femme & enfans à nourrir, fon terme à payer, de trente livres, & point d'argent ; ce qui le défefpérait.

Lui ayant demandé le prix de fes fouliers, & m'ayant dit qu'il les vendait cent fols, je lui dis : prenez ma mefure ; faites-m'en fix paires : voilà dix écus. Jamais, MADAME, un Procureur, à la vue d'un orphelin qu'il a ruiné, ne montra autant de joie que Flamand reffentit de plaifir en palpant cet argent. Il me promet lefdits fouliers pour huit jours ; je lui donne un mois : au bout de deux, je lui écris deux Lettres ; point de réponfe. Je me fuis amufé par les fuivantes, & l'ai fait affigner par le fieur

Thevenin , Huissier de la Prévôté , & il
a fait remettre les souliers chez moi en
mon absence.

Les Huissiers & les Procureurs qui
connoissent leur conscience , ne me
font pas leur cour.

Il y a quelques jours que j'en rencon-
trai deux qui me firent des yeux ! Ah!
des yeux ! & une grimace à faire re-
culer une procession. Je fis sur-le-champ
le signe du Chrétien, la seule arme avec
laquelle je me garantis de ces Messieurs.

Je suis, avec le plus profond respect,

M A D A M E L A D U C H E S S E,

Votre très-humble & très-
Serviteur ,

B O U L E R O T.

Versailles , le 6 Mars 1789.

TROISIÈME LETTRE.

Verfailles, 12 Juin.

VOULEZ-VOUS, ou ne voulez-vous abfolument pas, mon cher Cordonnier, m'envoyer mes fouliers ? Vous deviez me les apporter il y a deux mois : vous favez même qu'avant cette époque, j'ofai prendre la liberté de vous les PAYER D'AVANCE. Vous devez avoir jugé, par les deux Lettres que je me fuis permis de vous adreffer à ce fujet, que j'étais fingulièrement fatigué de cette attente.

Daignez donc, s'il vous plaît, vous laiffer toucher par cette troifième, & m'honorer au moins d'un OUI ou d'un NON : alors, fuivant votre Réponfe, je ferai ou ne ferai pas une invocation à qui de droit pour les obtenir. J'attendrai encore quatre jours .... Adieu. Croyez-moi bien fincèrement, très-cher Fla-

la plus impatientée de vos pratiques.

BOULEROT.

Le 16 Juin. Point de Réponse.

Le 17.

Il faut nécessairement, très-charmant Flàmand, que quelque Diable métamorphosé vous occupe bien sérieusement ! Comment ! depuis plus de deux mois que je fais des efforts surnaturels pour vous émouvoir, je ne puis parvenir à vous ouvrir ni la mâchoire ni les mains ! Il faut convenir que je joue d'un grand malheur ! Il y a quelque chose là-dessous, qu'il faut découvrir.

Serait-ce que, sans le savoir, j'aurais manqué de déférence & de respect dans mes Lettres, ou de concordance dans mes phrases ? (car vous êtes fin sur cet article). Je ne le crois cependant pas : je vous connais d'ailleurs trop bon pour chicaner sur quelques négligences de style.

A 3

Seriez-vous malade ? Je le crois encore moins : il ne faut que vous voir & vous entendre, pour être convaincu que vous vivrez une longue fuite d'années bien portant, parce que vous êtes tout neuf.

J'ai beau chercher ; je me perds.... Je crois, ma foi, que j'y fuis .... Ah ! je devine à la fin.

L'emploi du ftyle & des expreffions vulgaires vous choque l'oreille, n'eft-ce pas ? J'entends : pour vous faire entendre à votre tour, répondre & agir, il faut vous parler le langage des Dieux! Fort bien. A ces douces paroles vous vous déridez ; je vous vois faire un mouvement convulfif des lèvres, en retirant les coins de votre bouche du côté des oreilles ; ce qui m'annonce un agréable fouris, furmonté d'un petit gefte de tête qui complette le figne approbatif. Un inftant, s'il vous plaît : je vais me brodequiner, & grimper au fommet du mont Parnaſſe pour ſatisfaire à votre exigence. Là, ſi les Dieux me ſont rétifs, le bras nud ; le poignard à la main, je les rendrai victimes de ma fureur : nul n'échappera ; Apollon, les neuf Sœurs & Pégaſe lui-même, tout enfin ſera ſacrifié à ma juſte vengeance. L'Hippocrène, métamorphoſée en ſang bouillant, inſtruira les races futures de mon juſte courroux, & du grave ſujet qui en eſt la cauſe.

Je vais m'eſſayer.

Maudit Réparateur de la chauſſure humaine,
Dis moi, quand voudras-tu, triſte objet de ma
      haîne,
Rendre à mes deux ſoutiens l'enveloppe uſitée ?
Faut-il, pour les ravoir, ſommer l'autorité ?
Veux-tu donc m'expoſer, ſuppôt de la manique,
A devenir podagre, & qu'une ſciatique
Sur mes nerfs vigoureux établiſſe ſon cours,
Et que dans les douleurs je termine mes jours ?
Serait-ce ton deſſein ? . . . . Je frémis quand j'y
      penſe !
Ne t'ai-je pas, cruel, toujours payé d'avance ?

Et pour prix de mes soins, depuis deux mois
       entiers ,
Ingrat , tu me retiens six paires de souliers !

Comment dois-je venger cet attentat énorme ?
Monstre , de ton état tu négliges la forme :
Imite ton Patron , que l'on vit autrefois ,
Malgré son tire-pied , civil , humain , courtois ,
Allant de bourg en bourg , & chauffant la canaille ,
Buvant chaud , mangeant froid , & couchant sur
      la paille ;
De la sellette enfin jamais ne descendit ,
Et les trois quarts du temps travaillant à crédit.

Cela ne t'émeut point , Sapater intraitable !
Des enfans de Crépin le plus indécrottable !
Tu ris de ma douleur ; tu ris de mon tourment :
Je vais sommer les Dieux d'un juste châtiment.

Déesses des enfers , implacables Furies ,
Daignez punir le crime & les effronteries
Du traître qui me berne & brave mon courroux ;
Faites-le , je vous prie , expirer sous vos coups.
Ou bien qu'à l'avenir , chauffant des Messalines ,
Il ne touche qu'aux pieds des plus vastes gredines ;
Qui , sans cesse arrosés de ce qu'on ne dit pas ,
Embrène à chaque instant ses mains & son compas ;

Qu'il refpire à longs traits leurs fuaves matières.
Enfin, Furies, enfin, pour finir mes prières,
Faites que cet objet, que cet Etre infecté,
Puiffe fervir d'exemple à la poftérité.

Bon jour, Flamand.

Le 20 Juin. Point de Réponfe.

Le 21.

O divin Flamand ! il eft donc écrit dans l'ordre des deftins de la Crépinade, que je ne pourrai rien obtenir de votre propre bouche, ni de vos propres mains ? Cela eft bien douloureux pour moi, qui comptais établir avec vous une correfpondance littéraire fur la matière (de votre état), après toutefois avoir obtenu mes chers fouliers. Quelle douleur ! Je me vois impitoyablement fruftré de l'un & de l'autre par le plus opiniâtre des filences.

O brillant Flamand ! laiffez-vous toucher ! Accordez-moi en grace au moins ma dernière demande. Il y a près de trois mois que je vous en supplie au nom des Dieux ; & vous ne répondez rien !... Vous êtes donc inexorable ?....Eh bien! au nom de toutes les Furies du Tartare ; au nom de Proserpine & de Pluton ; au nom de tous les Monstres du Styx & du Phlégéton, archi - divin Flamand, rapportez-moi mes chauffures.....Silence encore !.....Votre très-chère mère vous a donc frotté de baume tranquille ?.... Pas le mot !.... Oh ! ma foi, il n'y a plus moyen d'y tenir.

Vous voulez donc abfolument, ô Cordonnier ! que je faffe retentir les voûtes de Thémis de votre nom fonore ? Vous le defirez ; je le vois. Je me rends.

Convenez que je chatouille agréablement la délicateffe de vos fens. Il vous femble déjà voir l'œil de cette Fille du Ciel & de la Terre répandre un éclat radieux à votre afpect. Vous vous contemplez déjà tout brillant de gloire, femblable au foyer d'Archimède, répercuter ces éclatans rayons fur les Miniftres de cette

Déeffe.... C'eft votre dernier mot ?....
J'y foufcris ; épuifez ma complaifance :
vous ferez fatisfait. Mais auparavant vous
me permettrez d'aller vous dire :

Intraitable ennemi qui chauffes les humains,
Je viens pour dégager mes fouliers de tes mains.
J'ai fatisfait à tout ; tu ne peux contredire.
T'ayant payé comptant, tu n'as plus rien à dire.

Crépin, tiens ta parole ; ils ne font plus à toi,
Et l'honneur te prefcrit de les porter chez moi :
Sans quoi des Dieux vengeurs la foudre toute prête,
Va d'un monftrueux bois orner ta lourde tête.
Ton effroyable chef menacera les Cieux,
Et tu feras frémir tes arrière-neveux.
Imprimant fur leur front une éternelle honte,
Ils entendront lâcher cent brocards fur leur compte.
Ils auront beau s'armer d'alêne & de tranchet,
Et fe purifier dans le facré baquet :
Si tu n'adoucis pas l'humeur de ta pratique,
Et ne rétablis pas l'honneur de la manique,
L'on cornera par-tout : les enfans de Crépin
Ont le cœur & l'efprit doublé de maroquin.

Bon foir, Flamand.

Le 24. Point de Réponfe.

Il eſt donc décidé, très-ſilencieux Flamand, que vous êtes inébranlable? Quelle conſtance! Elle tient, en vérité, du merveilleux. Je vois bien qu'il ne me reſte plus d'autre parti à prendre que de vous en féliciter : en ce cas, recevez mon compliment : puiſque cela vous amuſe, je vais me mettre à l'uniſſon. Mais avant que d'en venir là, permettez-moi, s'il vous plaît, de reprendre un moment mon ton grave; le tout pour vos intérêts.

Je ſuis inſtruit que vous voulez plaider, parce que, par un coup du Ciel, il vous eſt, dites-vous, tombé ſous la main un honnête Procureur (1) qui veut défendre & gagner votre illuſtre Cauſe. Vous me l'avez fait connaître. Je vous parlerai de lui.

Quant à moi, je n'en prendrai point; je ne m'y frotterai pas : mal-peſte! chat

_____

(1) Flamand eſt né coëffé. Il n'était réſervé qu'à lui de faire cette découverte.

échaudé craint l'eau froide. Je plaiderai moi-même ; oui, Flamand, moi même ; j'en fuis sûr, car mon Huiffier m'en a donné la permiffion. Mais, encore une fois, avant de nous vautrer dans la chicane, je vous préviens que vous m'y traînez malgré moi, & que je fuis obligé, en bonne confcience, de vous donner un confeil d'ami. Lifez & réfléchiffez.

Tu veux plaider ? Plaidons : mais avant de le faire,
Reçois de moi, Flamand, un avis falutaire.

Je veux tout employer pour te tirer d'erreur.
Je connaîs ton honnête & brave Procureur,
Vilipendé par-tout pour fes cafarderies ;
Sufpendu quelque jour pour fes friponneries ;
Toujours prévaricant avec impunité,
Et pour argent comptant trahit la vérité.

Il eft homme de l'art, dit-il ; & par avance
Te cautionne un gain fait par fa confcience.
Sais-tu ce qu'il entend par ce terme de l'art ?
C'eft de châtrer Domat, & tronquer Denifart ;
Méprifer de Thémis le glaive & la balance ;
Par des piéges adroits enferrer l'Innocence ;
Surprendre des cliens par fa fauffe candeur ;

Dénaturer les loix sans honte & sans pudeur ;
Suborner des témoins, s'il lui faut une preuve ;
Poignarder joliment l'orphelin & la veuve ;
Vendre sa plume infâme au plus enchérissant,
Et du plus tendre agneau faire un loup ravissant.

Voler publiquement est-il un plus grand crime ?
Non : mais des Procureurs c'est le nobilissime.

Quand appellera-t-on au Tribunal des Rois,
Contre ces forcenés, ces infracteurs des loix ?
Quand enfin verrons-nous Notre-Dame Justice,
Les faire figurer dans un feu d'artifice,
Composé de fagots, bien faits, bien embrasés,
Pour les purifier des maux qu'ils ont causés !

Est-ce à tort qu'on s'en plaint ? Va fouiller dans
          l'Histoire ;
Mille Auteurs l'ont écrit : dans certain répertoire,
Boileau ne nomme rien, si ce n'est par son nom ;
Dit : un chat est un chat, Nourrisset un fripon ;
Mais un fripon salé, dont l'inique jactance,
Fait pleurer & gémir la timide Innocence.

Un Procureur m'effraye : aussi-tôt que j'en vois,
Mon premier mouvement est un signe de croix.
Ne crois pas, cher Crépin, que ce soit une fable ;
Antoine, en son désert, chassait ainsi le Diable.

Après moi, de ceux-ci j'aurais un million,
Qu'ils feraient balayés montrant un goupillon.
Mais pour ton Procureur ! C'est bien une autre
    peste ;
Ne lâcheroit le pied qu'en arrachant ton reste :
Il dévorerait tout, jusqu'au dernier chausson.
Je te préviens à temps : use de ma leçon.

Crains Huissiers, Procureurs ; cette engeance mau-
    dite
Livrerait à l'encan ton lit & ta marmite :
Ils iraient t'étouffer, sois-en bien convaincu,
Si ton dernier soupir leur valait un écu.

Tu ne m'écoutes pas, & tu branles la tête !
Eh bien ! à te poursuivre à l'instant je m'apprête :
Rien ne peut retenir mon trop juste courroux ;
Sans pitié je te livre aux tolérés filoux.
Tout est dit ; ce moment commence ton supplice.
Je te lâche, Flamand, aux mains de la Justice.

A revoir, Flamand.

Le 30. Point de Réponse.

Assigné le premier Juillet devant le
Juge de Ruel par Me Thevenin, Huissier
de la Prévôté.

Je plaiderai ma Caufe pour caufe.

Nº. 1. Mémoire intéreſſant pour cette Caufe intéreſſante.

Nº. 2. Portrait de ces Meſſieurs , dans lequel ces Meſſieurs s'amuſeront beaucoup.